세상의
모든 풍경이
너였으면
좋겠어

문 빈
사랑별 시 2집

세상의 모든 풍경이 너였으면 좋겠어

문 빈 사랑별 시 2집

시인의 말

끝이
오지 않을 시간들을 꺼내어보다
내가
나에게 미안해지지 않게
이천이십삼년사월이십일목요일
내가
나에게 뜨거웠던 그때가
지금이라면
나는
지금 이대로도 좋다

차례

제2장 어떻게… 그렇게 사랑할 수 있겠니

제3장　길을 걷다 문득… 담다

제4장 내가 나에게 뜨거웠던 청춘을 노래하다

제1장

그립다는 말보다
더 그립다

잘 지내냐… 고
잘 지내고 있지… 라고
어쩌면
마음에 닿기도 전에 녹아버렸을 눈처럼
어디에도 스며들지 못하고
바람에 뒹굴어져 갔을
그날에

그냥

그냥
생각하면 가슴이 아려오는 사람이 있다
그냥
생각하면 눈물이 목구멍까지 차오르는 사람이 있다
그냥
생각하면 눈만 멀뚱멀뚱 할 말을 잊게 하는 사람이 있다
그냥
생각하면 멀리 있어도 숨소리까지 느껴지는 사람이 있다
그냥
생각하면 곁에 있는 듯 숟가락을 챙겨야 할 것 같은
사람이 있다
그냥
생각하면 나도 모르게 미소 짓게 하는 사람이 있다
그냥
생각하면 하고 싶은 말이 너무 많아지는 사람이 있다
그냥
생각하면 마음이 따뜻해지는 사람이 있다
그냥
생각하면 매일 안부가 궁금해지는 사람이 있다
그냥
생각하면 첫눈이 오는 날 설레이는 맘으로
전화를 걸고 싶은 사람이 있다

그냥
생각하면 팔짱 끼고 걷고 싶은 사람이 있다
그냥
생각하면 마주 앉아만 있어도 기분 좋아지는
사람이 있다
그냥
생각하면 생각만으로도 행복해지는 사람이 있다
그냥
생각하면 습관처럼 떠오르는 사람이 있다
그냥
생각하면 먼 하늘 구름처럼 가까이 밀려오는
사람이 있다
그냥
생각하면 바람보다 먼저 불어오는 사람이 있다
그냥
생각하면 밤하늘의 별처럼 반짝이는 사람이 있다
그냥
생각하면
생각하다 생각하다 생각하다 생각이 되는 사람
그 - - - 냥

사람들은 그리움 하나씩 품고 산다

이유 없이 눈물이 나는 날에는
문득 그리워진다

품어갈 사랑이 없어도 보리수나무 열매는 익어가듯

눈부시게 푸르른 하늘을 보면

성큼성큼 다가오는 뭉게구름 같아서

푸르게 떨리던 희미한 첫사랑의 짧은 추억 같아서

꼬깃꼬깃 구겨버린 메모지를 펼쳐보듯

낡고 헐렁해진 추억들이 뭉클해질 때가 있다

담뱃불을 끄듯 뭉개버린 날들이여
한때 뜨거운 입술로 피웠던 순간들이여

빈 깡통 함부로 차지 마시얍!
한때는 누군가의 양식이었고 애틋하였으리라

계절이 바뀌면

너도 물들고 나도 물들어 단풍나무가 되듯

가슴마다 하나씩 품은 그리움으로 익어가는 사과처럼

사람들은 주머니 속에 감싸 쥔 주먹을 펼쳐 보이듯

가끔 꺼내 볼

그리움 하나씩 품고 산다

사랑, 그 아픔과 그리움

우리가 소중하게 생각하는 것들과
미처 생각하지 못했던 아름다운 것들
사랑을 했거나
사랑을 하고 있거나 혹은 잃었거나 아님 찾고 있거나

– 청춘

길을 가다 문득
영화 같은 풍경이 눈에 들어온다
빨간 신호등 앞에서
한 몸인 채로 서 있는 남녀
허리를 감은 그 남자의 팔은 한없이 든든해 보이고
남자의 목을 휘어감은 그녀의 팔은 너무
사랑스러워 보인다
파란 신호등이 바뀌어도 길을 건널 수 없는
강렬한 입맞춤
자꾸 눈길이 가는 청춘 부라보~

- 가끔은

가끔은 격렬한 사랑을 꿈꾼다
사랑을 할 때만큼은 세상이 아름답게 보이거든
하루만 살다 죽을 것 같은 열정으로
살아있다는 느낌이 들도록
후회 없이 한 톨의 미련도 남지 않게
마르지 않는 옹달샘처럼
눈뜨면 제일 먼저 찾게 되는 커피처럼
습관처럼 입에 무는 담배보다
자석처럼 끌리는 사랑
살면서 한 번은 해봐야 하지 않을까?

- 처음처럼 그랬으면 좋겠다

첫 만남은 언제나 설레인다
양은냄비처럼 순식간에 뜨거워지고
빨리 식어버리는 습성을 가진 사랑
하루를 보지 못하면 죽을 것 같아서
핸드폰을 놓지 못하고
시간 사이사이 보고 싶다는 메시지 연타
밥을 먹어도 너로 보이고
커피를 마셔도 네 모습이 떠오르고
길을 걷다

바람에 떨어지는 은행잎을 봐도
너에게로만 이어지는 생각들
하루가 온통
너로 꽉 차 있어서
입가에 미소가 떠나지 않는
저절로 행복해지는 사랑
처음 사랑할 때처럼
서로에게 반해버린 사랑 그런 사랑
처음처럼 그랬으면 좋겠다

- 사랑할 때와 헤어질 때

사랑할 때는 배우가 되지만
헤어질 때는 개그맨이 된다
사랑할 때는 목숨 걸고 약속시간을 지킨다
서로에게 잘 보이고 싶도록 노력도 아끼지 않는다
예쁘게 가꿀 줄 아는 사람이 매력적이고 아름답기 때
문이다
물론 사랑하니까
기분 좋은 향수를 뿌리고 서로에게 애틋한 만큼 소중
하게 생각한다
헤어질 줄 알고 사랑하는 사람도 있겠지만
대부분 미리 헤어짐을 염려하지는 않는다
네가 나의 전부이고 세상의 전부가 너이기 때문에

네가 먼저 돌아서든
내가 먼저 뒤돌아보지 않든 헤어짐은
그때그때 감당해야 할 대본 없는 액션인 것이다

영원하기를 바라는 마음은 시간이 지날수록 익숙해져서
돌솥처럼 따뜻한 온기를 느끼는 것

순간 눈길 한 번 마주친 순간 사랑이라고 느끼는 그 순간
전율이 느껴지는
그 순간이 영원하리라는 순간 모든 것은 금이 가기 시작한다
믿음이 너무 강렬해서 쉽게 깨질 수도 있지만 금세 아물 수 있도록 서로에게 배려하는 것이다
지켜가는 것은 보이지 않은 약속과도 같은 것이다
오해를 담아두지 말고
이해하려고 노력도 하지 말고 그때그때 순간 매듭을 푸는 것이다
한순간 엉키면 정답을 찾기 힘들어진다

– 두 손 꼭 잡은 노부부

이른 오후 산책길에서 은발이 빛나는 노부부를 만났다
노을 지는 풍경이 담긴 그림 같았다

눈가에 잡힌 주름이 세월의 깊이가 느껴졌다
아무 말 없이 눈웃음으로 주고받는 그들만의 언어
오래 같이한 포근함이 마음의 평온함마저 갖게 했다
삐뚤어진 길은 돌아서
누가 먼저 가는 법 없이 두 손 꼭 잡고
앞에서 당겨주고 다시 나란히 걸어가는 모습은
내가 본 그림 중에 가장 아름다운 수채화였다

– 유효기간 없는 사랑

꿈꾸시나요?
꿈꾸세요 이루어질 거예요
일회용 믹스
일회용 컵밥
일회용 장갑
일회용 젓가락
일회용 접시
사랑도 일회용이 있다면 즐기시겠어요? 아니죠?
그래도 사랑은
유효기간 같은 건 생략하세요
사랑은 언제나 그 자리에 있지만
변하는 건
사람이니까요

- 겨울장미

나를 보듯
너를 본다
너도 한때는 찬란했으리라

- 첫눈이 내리는 날

첫눈이 내리는 날은
이유 없이 설레인다
무작정 누군가를 만날 것 같고
무작정 누군가에게로 달려가고 싶어진다
한없이 누군가에게로만 내리던 푸르렀던 날들
그날에 안부를 물어 본다
잘 지내냐… 고
잘 지내고 있지… 라고
어쩌면
마음에 닿기도 전에 녹아버렸을 눈처럼
어디에도 스며들지 못하고
바람에 뒹굴어져 갔을
그날에

- 세상에서 가장 빛나는 아름다움을 품은 여자

감동적이다 그 여자를 보면
사랑을 하고
사랑을 받고
사랑을 담고
사랑을 품고
사랑을 가꾸는 여자
아이가 소녀가 되고
소녀가 자라서 그녀가 되고
그녀가 여자가 되어 엄마가 되는 경이로운 신비로움
세상에서 가장 빛나는 아름다움이다

구월의 노래

몇 년이 지난
오늘
그날에 네가
연락도 없이
국화꽃 다발로 걸어와
보고 싶었다고 말한다면
나는 국화꽃밭이 되겠어

날 기다려주는 사람은 없어도
내가 먼저 그리움이 되는 그곳으로
가고 싶다

설레임도 담고
두려움도 챙기고
아쉬움은 후식으로 남겨두고

왜 자꾸만 떠나고 싶어 하는지는 나도 모른다

여행
·
·
·

누군가 날 기다리고 있는 것 같아서

그곳에 버려진 내가 있는 것 같아서

가슴 콩닥거리는 첫사랑 같아서

겨울장미

함박눈이 펑펑 내리는 아침
해오름 뜨락에
시든 장미꽃 한 송이가
내게 묻는다

나를 사랑한 적이 있었냐고

나를 사랑했다면
정말 날 사랑했다면

그 기억

그 추억 같은 그리움으로

다시 올 봄으로 미리 가서 기다려줄 수 있겠는지요

라고

너를 만나러 간다

너를 만나러 가는 날은 언제나 설레인다

가슴 가득 꿈을 안고 날아가는 새처럼

꽃들이 해를 향해 기울어가듯

바람이 걸어가다 찍어놓은 길 따라

보고 싶은 마음 하나만으로도 충분한

너는 나의 풍경이다

눈

너는
허락도 없이
내 속에 들어와
처마 끝에
고르름 주렁주렁 메달아 놓았네

산방덕이

천년이 흘러도 눈물입니다
산머루 껍어든 당신 입술에 물들어 행복했습니다
당신과 함께한 몇 년 동안
애기달개비꽃도 피었습니다

어쩌다 사랑이었지요

내가 나를 포기할 만큼 큰 사랑이었습니다
당신을 처음 본 그날부터
당신을 갖고 싶어졌습니다

그래서 나는 내 날개를 꺾었습니다

당신을 사랑해서 입니다 아니
내가 당신을 사랑하게 되어서입니다

당신 없이는 단 하루도 살 수가 없었습니다

눈감으면 잠보다 더 깊이 스며들고
눈 뜨면 아침보다 먼저 나를 깨우고

아침햇살이 이처럼 눈부시게 아름다운 줄 몰랐습니다

사랑이 얼마나 좋은지 당신을 만나서 알았습니다
사랑은 배우는 게 아니라 알아간다는 걸

그때 알았습니다

당신이 아니면 사랑도 사랑이 아닙니다
당신이어서 사랑이었습니다

당신의 품은 햇살보다 따뜻하고 포근했습니다

억새꽃 구름같이 떠다니는 들판에
춤추는 코스모스 같았지요

동백꽃 필 무렵이면 하얀 눈도 내리겠지요

폭설이 세상을 다 덮어도
꽃잎은 수줍게 웃고 있겠지요

그 곁에 복수초 소담스럽게 피어올라
봄으로 가는 길도 열어주겠지요

바람불어 꽃비 내리던 봄날
우리는 오동나무 잎 한 장으로도 행복하게 걸었지요

하늘도 우리 사랑에 입맞춤해 주었지요
꽃이 피고 지고 다시 피어 봄입니다

나는 당신과 함께했던 봄

그 봄에 와 있습니다

내가 당신을 떠나간 것이 아닙니다

눈에 보이는 것밖에 모르는 어리숙한
인간의 욕심 때문이었습니다
나는 당신 없이는 죽은 목숨이었습니다

당신만을 향해 있는 내 마음을
당신이 들을 수 있다면 얼마나 좋을까요

천년을 돌고 돌아 다시 여기에
당신을 기다리며
눈물이 된 나를 당신이 알기나 할까요

당신에게 갈 수만 있다면
천년을 더 눈물이어도 좋습니다

오늘도 당신을 기다립니다

바람에라도 당신 소식이 묻어오지 않을까
구름에라도 당신 소식 보이지 않을까

눈감을 수 없는 가슴으로
당신이 오시는 길에 서 있습니다

내 눈물 흘러 당신으로 온다면

당신 가슴에서
영원히 지지 않을 꽃으로 살고 싶습니다

*제주 산방굴 천장에서 떨어지는 약수가 있다. 고승을 사랑했지만 이룰
수 없었던 처녀 산방덕이의 슬픔이라고 전해져오고 있다.

별을 사랑한 남자

너는 그렇게 별을 품은 별이 되어
밤마다 노래하는 앵무새를 가둬버렸어

술 한잔하자

딱 한 잔만 하자
두 잔은 기분 좋아지니까 안되고
세 잔은 아쉬우니까 안되고
네 잔은 자꾸 마시게 되니까 안되고
다섯 잔은 달달해지니까 안되고
여섯 잔은 씁쓸해지니까 안되고
일곱 잔은 흔들리니까 안되고
여덟 잔은 채울 수 없어서 안되고
딱 한 잔만
딱 한 잔만 하자

신풍역 4번 출구

나에게도 한 번쯤은 자랑스런 영웅적인 만화(萬和)를 생
각게 하는
일종의 황금의 종이 위에 써두어야 할 하나의 청춘이 있
지 않았던가
…너무나 운이 좋았던 청춘이!

– 아르튀르 랭보, *Matin* 중에서

미치도록 사랑한 기억도 없는데

술잔에 기울어져 가는 추억도 없는데

새벽하늘 펄펄 날리는 그리움 하나 품었네

앵커 1

네가 오기로 한 그 자리에
내가 먼저 가 있었다

아니 나는 기다렸어
이미 오래전부터
널 기다렸거든

오늘이 지나면
너와 나의 인연을 풀며
넌 또 그렇게 말없이 가겠지
내 두 다리는 너무 깊이 박혀있어
널 따라갈 수가 없어

내가 할 수 있는 건
기다리는 것뿐이야

*anchor: [명사] 닻, 닻을 내리다, 정박하다

앵커 2

날 천천히 묶어줘
너무 세게 조여 오지 마
너무 깊숙이 밀어 넣지도 말고
천천히 아주 천천히
내가 느낄 수 있게
숨 막히게 감싸지 말고
눈을 뜨고
널 볼 수 있게 해줘

앵커 3

움직이지 마
흔들리지도 말고
뒤돌아보지도 말고
너를 향해 가고 있는
나를 위해 기다려 줘

정동진

물처럼 흘러다가 멈춘 내가 거기 있었어

물결 따라 접힌 내 푸른 청춘을 쏟아내듯

한 몸으로 출렁이는 바다

푸르게 빛나는 기억들을 베고 누워

흐르다 멈춰버린 날들을 잊으라 하네

그리고 다시 흘러가라 하네

사랑할 때 만나지 말고
헤어질 때 사랑하자

사랑이란 말만 들어도 설레이던 시절이 있었다
구름 위를 걷는 기분이었지

사랑은 나도 모르게 온다

새우깡 한 봉지 맥주 한 캔으로도 행복하지

편의점 앞 플라스틱 의자에 앉아서
일회용 커피 한 잔
둘이 같이 있을 수만 있다면 좋은 거지

하루라도 안 보면 보고 싶어서 미칠 것 같고
문자가 안 오면 걱정이 되고
해지는 저녁이 되면 만날 수 있다는 마음으로 설레고
시간은 왜 그렇게 느리게 가는지
어제와 똑같은 시간인데도
쳐다보면 그 시간 또 쳐다보면 그 시간
멈춰버린 것 같은 시곗바늘을 확 돌리고 싶어지지

청춘을 몽땅 걸어도 좋았어

푸르게 빛나는 젊음이 있었거든

사랑인 줄 모르고 지나온 그게 사랑이었어

거침없이 앞만 보고 달렸던 시절

사랑에 미치고 일에 미치고 하루 24시간이 너무 짧게
느껴졌어

아플 때도 시간을 정해두고 아파야 했고
독한 약으로 버티다 일이 마무리되는 순간
죽음보다 더 깊은 잠에 빠져들었어
해야 할 일에 목표가 생기면 최선을 다해서 될 때까지
안되면 다시 하고 또 안되면 다시 하고
세상에 안 되는 일은 없다고 생각했지
열심히 노력하면 죽을힘을 다해 열심히 하면
하늘도 감동한다고

꼭 이루고야 말았던 열정이 있었지
해냈다는 성취감 희열
살아 숨 쉬는 것에 감사했어

꿈같은 날들이었어

눈 감으면 미소로 품어주고

눈 뜨면 창가에 햇살로 다가와 아침을 열어주었지

가끔 만날 수 없는 날에는
잠시라도 떨어져 있는 시간이 아쉬워서
잠이 드는 순간까지
핸드폰이 방전이 될 때까지 목소리라도 들어야 했어

열려있는 모든 길들은 한쪽으로만 기울어져 갔고
방향지시등이 필요 없는 일방통행 직진이었어

운전을 하다가도 보고 싶어서 하늘을 한 번 쳐다보고
주차장에 들어서면 기다리고 있을 것 같고…

다시는

그 길에 서 있을 자신이 없다
아파서 너무 아파서…

헤어지자는 한마디 말도 없이 연락이 끝어진 채로
헤아릴 수 없는 날들이 흘러가 버렸는데… 도

만약
다시 사랑하게 된다면
그 남자였으면 좋겠고
그 남자가 아니면 안 될 것 같고…

사랑이 이별인 줄 모르고
아직도 헤어지지 못하는, 아니 보내지 못하는 바보

사랑이 어떻게 변하니 이 바보야
변하는 게 사랑이지 이 바보야
절대 그럴 리 없어
절대적인 건 없어
사랑은
사랑은 영원할 수가 없어 연극 같은 사랑은 없다고
이 바보야

첫사랑에 첫 남자
로멘틱하지는 않지만 드라마 소설 같은 사랑?
리딩페이지도 없이 혼자가 됐네
바보

비우지 못해서 꾹꾹 눌러 담고
버리지 못해서 챙겨두고
두고두고 시간이 지나도 가슴속을 파고드는
먼 먼 그리움

사랑도 모르는 바보가 사랑을 해서
그 사랑 읽어갈 페이지도 없이
훌훌 날아가 버렸는데…,

이제 그만 이제 그… 만
잊자이제그만잊어주자잊자잊자그만잊자잊자이제
그만잊자

사랑 사랑 사랑 그 사랑이 두렵다

누군가 문을 두드린다면… 아마… 도
또 아프겠지

아플 거야 아픈 건 한 번이면 됐어

사랑이라는 그 흔한 사랑이 겁이 난다

닫혀버린 빗장을 풀고 빨랫줄에 널면
바람이 말려줄까?

사랑은 모닥불처럼 뜨겁게 타오르다 저절로 식어가다
무너진다
곁에 있어야 오래가는 촛불도 지켜주지 않으면
소리없이 꺼진다

멀리서 불어오는 바람도 가까이 오면 슬프다

검푸른 바다에 던져질 사랑이라면

추억이라도 건질 수 있겠지

평생을 두고 써 내려갈 사랑이라면?

상처 없는 사랑이 어디 있을까

아파야 사랑이고 상처받는 게 사랑이겠지

헤어질 거면 다가오지 말고
다시 사랑이라면 만나지 말자

마음을 읽어주고 싶은 말

사랑한다는 말보다 더 사랑한다는 말을 해 주고 싶다
미안하다는 말보다 더 미안하다는 말을 해 주고 싶다
고맙다는 말보다 더 고맙다는 말을 해 주고 싶다
감사하다는 말보다 더 감사하다는 말을
해 주고 싶다
곁에 있어 줘서 위로가 된다는 말보다 더 위로가 되는
말을 해 주고 싶다
소박한 식탁에 마주한 시간만큼 외롭지 않다는
말보다 더 외롭지 않다는 말을 해 주고 싶다

시간이 강물처럼 깊어지면 더욱더 아려오는 아침처럼

먼저 말해주지 못한 미안함
먼저 손 잡아주지 못한 미안함
먼저 알아주지 못한 미안함
먼저 전해주지 못한 미안함
먼저 웃어주지 못한 미안함
먼저 안아주지 못한 미안함
먼저 이해해주지 못한 미안함
먼저 다가가지 못한 미안함
먼저 챙겨주지 못한 미안함

함께할 수 있어서 행복하다는 말보다 더 행복하다는
말을 해 주고 싶다

다시 오지 않을 것들에 대한 위대함

반쯤 닫혀진 꽃잎 사이
햇살 한 줌 스며든다

탱탱한 꽃대궁 솜털 속에 숨은 짧은 혓바닥
입술이 열리지 않는다

햇살이 점점 번진다

수줍게 웃는 하얀 속살
들썩이는 바람에 흔들린다

혓바닥이 춤을 춘다
입속에 물집이 잡혔어

언제까지 춤을 출 수 있을까
바람이 멈추기를 기다려야지

키 작은 해바라기

너를 기다리는 동안
바람에 꺾인 슬픔 하나 툭 이마에 떨어진다

새들은 무리 지어 날다 나무숲 그늘로 숨어들고

하얀 그리움으로 목마른 갈대는
하늘을 향해 기울어가고
개울가 풀숲 사이 물안개 가득 물밥으로 떠다니는데
수면 위로 튀어 오른 피라미 한 마리가 뿌린

눈물 한방울에도 가슴이 먹먹해져 오는데

너는 아직 오지 않고

네가 오기만을 기다리는 나는

네가 오기로 한 그 자리에 미리 와
멈춰 서 있는데

너는 아직도 오고 있는 건지

푸른 꿈 키우는 강물도 흔들리면서 가고 있는데

아직도 오지 않은 너를 기다리는 내게

강물은

눈먼 그리움 하나 품으라 하네

아버지께 부치지 못하는 편지

아빠 괜찮아?
거기… 많이 추울 텐데…
잘 지내고 계신 거죠
아빠가 그렇게 좋아하시던 그 바다도 꽁꽁 얼었어
파도를 걷던 바람도 잠시 쉬어가나 봐요
나무들도 추워서 눈물만 뚝뚝
물처럼 흘러갈 수 없어서
얼음꽃밭이 되었네
나는 추워서 자꾸 옷을 껴입는데…
바람구멍 송송 한 그 옷 한 벌 입고 가셔서
많이 춥겠다
이렇게 추울 줄 알았으면
두툼한 외투랑 내복이랑 폭신폭신한 수면양말도
챙겨드릴 걸
아빠가 좋아하시던 목도리도 담고
계절마다 챙기시던 중절모랑 귀마개 털모자도 담고
캄캄한 밤에도 잘 보이시게
안경도 챙겨서 보내드릴걸

아빠 잘 지내?
잘 지내고 계신 거죠
거기 능소화꽃은 피는지 모르겠다

담벼락을 다 덮고도 모자라
마당을 기웃거리던 능소화
싹뚝싹뚝 가위소리에
늦잠을 설치며 인상 찌푸리기도 했는데
코스모스 같기도 하고 무궁화 같기도 하도
키가 너무 커서 꽃인 줄 몰랐는데
아빠가 좋아하시는 꽃인 줄 몰랐어요
입맛 까다로우신 울 아빠 밥은 잘 드시는지…
먼지 한 톨 그냥 지나치지 못하시는
깔끔한 성격 때문에 힘들어하지는 않으신지…

아마도 어둠에 익숙해져가는 시간쯤
일요일이었을 거야

…술 한잔했다. 네가 보고 싶어서…

그때 통화를 길게 못 해서…
정말정말 미안해

아빠랑 마주 앉아 술 한잔 하지 못해서 미안하고
아빠가 좋아하는 바다 그 바다 한 번 같이 못 가서
미안하고
아빠가 즐기시는 고기 한 번 사드리지 못해서 미안하고
멋쟁이 울 아빠 양복 한 벌 사드리지 못해서 미안하고
고급진 넥타이 한 번 골라드리지 못해서 미안하고

운동화보다 구두를 즐겨 신는 아빠
구두 한 켤레 사드리지 못해서 미안하고
미안하고 미안하고 미안해서 미안해
날 낳아주셔서 고맙고
길러주셔서 감사합니다… 는 말도 한번 못했네?

항상 말없이 지그시 바라만 보시던 아빠
자라면서
단 한 번도 야단을 치시거나 목소리 높여
말씀하신 적이 없었어
엄마라는 단어를 모르는 내가 많이 안쓰러우셨는지…
그때는
아빠가 나한테 많이 미안했나 보다
그런데
지금은 내가 많이 미안해
너무너무 많이 미안해서 미안해

아빠
내가 많이 보고 싶어하는 거 알지?
아빠
내가 많이 사랑하는 것도 알지?
아빠
내가 아빠 보러 조금 더디 가더라도
나, 기다려 줄 거지?
아빠

오늘 밤
꿈속에라도 한 번 한 번만 다녀가세요

그리워서 너무 그리워서 그립다 1

눈물이 난다
그리워서
그립다는 말만으로도 눈물이 난다

그리워서 너무 그리워서 그립다 2

네가 없어서 그립고
네가 떠나가서 그립고
네가 보이지 않아서 그립고

네가 없는 빈자리를 채울 수 없어서

그립고 또 그립다

그리워서 너무 그리워서 그립다 3

그대가 한없이 그리운 그날에
그대가 그리움으로 온다면 맨발로 뛰어가겠습니다

그대가 애타게 그리운 그날에
그대가 구름으로 온다면 가슴으로
그대를 담겠습니다

그대가 미치도록 그리운 그날에
그대가 바람으로 온다면 바다 끝까지라도
밀려가겠습니다

그대가 있는 그곳이 어디인지는 잘 몰라도

늦은 저녁
노을 지는 풍경이 아름답게 보이는 것은

그대가 그리운 것입니다

아버지… 눈물이 납니다

눈물이 납니다 자꾸

눈부신 하늘을 바라보면
더욱 선명해지는 구름 사이로
당신 얼굴 그려봅니다
햇살처럼 웃고 있는 당신 모습에
어느새 흘러내리는 눈물
손 닿을 수 없는 아쉬움에 눈물이 흘러 지워질까
눈을 감을 수가 없습니다

밥을 먹어도 밥알이 목구멍에 걸려 눈물이 나고
차를 마셔도 눈물을 먼저 마시고
음악을 들어도 눈물로 들리고
길을 가다 멈춰선 길 위에도 눈물이 먼저 걸어갑니다

아빠, 아빠 딸이 이렇게 자라서 어른이 됐다?

아빠 들려?

대전에서 마지막 공연을 하던 날

아버지께서 의식불명이라는 연락이 왔다

그날 공연을 어떻게 끝냈는지 모르겠다

아빠가 왜? 왜 갑자기

공연이 끝나자마자 달렸다
사이렌 울리며 경찰차가 날 따라오는 것도 몰랐다
창문을 내리자 몹시 당황해하는 것 같았다
"속도위반 신호위반!"
"아빠가 아빠가 지금… 보내주세요 나 가야 해요"
펑펑 우는 내가 안쓰러웠는지
속도 좀 줄이시고 안전운전하라 했다

아…, 산소호흡기

믿을 수 없는 아니 믿고 싶지 않은
이게 지금 사실이 아니라는…
아빠가 왜 여기 계시는 거지

"아빠, 나 왔어… 아빠 아빠, 나야. 나 왔다구… 아
빠… 아빠 눈 떠봐. 봐 눈 좀 떠보라구. 이건 아니잖아.
이거는 아니야, 아빠. 아빠, 내가 왔다니까? 아빠, 나라
구 나! 나 나왔다구, 아빠. 눈 좀 제발, 눈 좀 떠봐."

아버지 두 눈에서 눈물이 주르르 흘러내렸다
그게… 그게 마지막이었다

받아들일 수가 없었다
아니 이건 차라리 꿈이었다
이대로 보내드릴 수가 없었다
아니
아직 아빠랑 하고 싶은 일들이 너무 많아서
아직 아빠랑 해야 할 일들이 너무 많아서
아직 아빠랑 가고 싶은 곳들이 너무 많아서

살아생전 옷 한 벌 못 해드렸는데

아버지는

살아서 단 한 번밖에 입을 수 없는 옷 한 벌 주시네

생전에 품은 사랑 여기 두고

마지막 눈물 흘러내린 그 길

그 먼 길 울면서 가셨네

눈감으면 더욱더 가까이 오는 당신
그 모습
그 목소리
그 숨결 여전한데

눈물로밖에 불러볼 수 없는 당신

생각하면 눈물뿐인 당신

비 그친 오후
나뭇잎 사이 햇살이 따스하게 내려앉은 날이면
더욱더 그리운 당신

눈물이 납니다
당신이 보고 싶어서
당신이 너무나 그리워서
당신이 너무나 그리워서 서럽게 울어도 울어도
다시는 볼 수 없는 당신

당신은

당신은
눈물… 입니다

슬프도록 아름다운 옛날이야기

슬프도록 아름다운 별이 뜨고

슬프도록 아름다운 꽃잎이 떨어지고

슬프도록 아름다운 바람이 불어오고

슬프도록 아름다운 하늘이 푸르게 빛나고

슬프도록 아름다운 물방울들이 뛰어다니고

슬프도록 아름다운 길들이 노을에 물들어가고

슬프도록 아름다운 잎새들 사이로

슬프도록 아름다운 옛날이야기들이

슬프도록 아름답게 달이 되어 떠 오른다

사람아 내가 사랑하는 내 사람아

그대곁에 머무는 동안 참 행복했어
물빛덩이 가득한 차 한잔에도 미소짓고
소소한 풍경이 그림처럼 스쳐가고
마른빵 한 조각에도 달달한 이야기가 되고
느슨한 바람이 끌어다주는 물결에 마주한 눈빛,
너무 애틋해서 가슴 한 쪽이 먹먹해져오는

사람아 내가 사랑하는 내 사람아
내가 꿈꾸는 세상에서 함께 했으면 좋겠다

제2장

어떻게… 그렇게
사랑할 수 있겠니

아프지 마라

힘이 들면 잠시 쉬어가고

외로우면 가끔 하늘도 한번 쳐다보고

괴로우면 가끔 술도 한잔하고

부디 아프지 마라

서시

나도 가끔 생각해
언제일지 모르는 순간에 숨어들어
한없이 깊어지는 항해를 꿈꾸며
운명 같은 인연을 위해 건배하고 싶은

12월에 다시 듣는 노래처럼 하루를 품다

시처럼 뜨겁게 살지 못해서
소설 같은 시간 속으로 뛰어들지 못한 아쉬움으로
눈은 내리고 마음만 펄펄

제목 없음

햇살처럼 빛나는 꿈을 안고 날아가는 새처럼

애인이여, 시처럼 내게로 오라

애인이여 부디
내게로 오려거든
매일 밤 시처럼 오라

가슴에 뜨거운 해를 달고
키 큰 나무의 숨소리도 담고

돌아갈 곳 없는 들고양이의 눈물이 흐르는
슬픈
그림 같은 늦은 오후를 걸어서

별꽃 무더기로 피어나는 밤마다

아이스크림이 묻은 달달한 혀로

온몸 들썩이게 하는 바람으로 오라

빈 깡통 같은 사랑

유효기간이 없는 빈 깡통 같은 사랑을 원해

억새풀보다 질긴 사랑
필연이거나? 악연? 이거나 우연을 가장한 모진 사랑

질겅질겅 씹어도 단물 나지 않는 사랑
정말 매력 없는 맹물보다 싱거운 사랑

비우면 언제든지 채워지는 사랑
가능하면 다른 메뉴로
매일 밥만 먹고 살 수 없잖아? 목구멍에 박힌 가시에
피 흘려도
숨 가쁘게 달려가는 거침없는 사랑

슬퍼도 눈물 나지 않는 사랑
포도주처럼 익숙해져 버린 사랑
시간이 지날수록 생각이 나서 자꾸만 바라보게 되는
그림 같은 사랑

맘만 먹으면 쉽게 가질 수 있는 사랑
누구나 원하지만? 쉽게 품을 수 없는 사랑

손가락 하나로 열리는 사랑

터치 한 번만으로도 엥겨오는 사랑

유효기간이 없는 빈 깡통 같은

물에 젖지 않는 바다처럼

다가갈수록 깊어져도 질리지 않는

그런?

사랑을 원해

달맞이꽃

멀리서 웃고 있는 자여
다 네게로 오라
와서 마른풀 서걱이는 들판에 서 보라
바다도 걸어서 내게로 오고
구름도 걸어서 내게로 오고
하늘도 가끔 내게로 온다

멀리서 웃고 있는 자여
검푸른 바다 춤추는 다리를 건너 내게로 오라
갈매기 날아오르다

눈물 찍어 나르는 물빛항아리처럼 깊어지리라

멀리서 웃고 있는 자여
너에게 빠져 죽어도 좋으니
낮은 데로 흘러서 내게로 오라
오다 돌부리에 채이거든

그 돌멩이 발로 차지 말고 가슴에 품고 오라

멀리서 웃고 있는 자여
노박덩이 지천에 흐드러진 그 곁에 뿌리내린
내게로 오라
와서 슬픔도 버리고 외로움도 버리고 괴로움도 다 버리고 가라
가서
부디 행복하거라

눈물 밥 같은 키스

혓바닥을 둘둘 말아 봐
밥알이 미끄러지기 전에
혓바닥을 깨물 수도 있어
눈물 없이는
삼킬 수가 없거든
기다림이 지치면
목구멍에 걸려
눈물이 되는 거야
찬물에 말아도
섞일 수가 없어
둥둥 뜨는 거야

내 눈물 속에서 꽃이 되는 너

내 눈물 속에 내가 살고 있다
눈물 없이 꽃이 될 수 없는 너
눈물로 살아야 꽃이 되는 너

두 눈 가득 눈물로만 살아서
사랑한다는 말도
눈물 없이 할 수 없는 너

눈물 없이는 바라볼 수가 없어
눈물 없이는 기다릴 수도 없어
눈물 없이는 사랑할 수도 없어
눈물 없이는 살아갈 수도 없어

내 눈물 속에 눈물로 살아 꽃이 되는
너

가을엔 고백하는 거야

사랑해… 라고
너무 늦지 않게 고백해줘 사랑한다… 고

란타나 열매 맺고 꽃필 때까지
수 없는 해가 뜨고 지고
달이 떠올랐어

이제
사랑한다고 말해도 괜찮아

날카로운 꽃잎 한 장에도

무수히 떨렸던 이슬방울들이

물처럼 부드러운 밤으로 숨어들었어

헤아릴 수도 없는 날들이여
떠나올 사랑하나 잡지 못하고
떠나갈 사랑하나 물들이지 못했네

푸르디푸른 청춘은 익어가는데

고백 한번 제대로 들어보지 못했네

다시 오고 있는 이 가을에

남아있어 주기를 간절히 바라는 마음으로
고백해 줘

사랑해… 사랑한다 사랑해… 라고

미소가 이쁜 남자를 보면

햇살처럼 따뜻하게 웃는 남자를 보면
천천히 다가가 소리 없이 안기고 싶어진다
해 질 녘
모가지 길게 가지 뻗는 푸른 싹도 잘라버리고
하얀 연기 뿜어 올리는 굴뚝을 타고 들어가
검은 숯덩이가 된 풀밭에 누워

닫혀진 입술을 열고 뒹굴어도 좋겠다

그대로 잠들어도 좋겠다

바보야

보고 싶지?
바보야
그게 사랑인 거야
궁금하지?
바보야
사랑하고 있는 거야
기다려지지?
바보야
사랑했었던 거야
생각나지?
바보야
사랑한다고 먼저 말해도 되는 거야

바보
바보야
후회할 거야

루프르텔캄 2
- 나에게 쓰는 일기

무작정 티켓을 예약했다

살아서 쓰고 남을 시간들이 목구멍에 걸려서
심장 파닥거리는 꿈들을 예약이라도 하듯
후회 없이 죽고 싶어서
푸른 파도를 퍼 담으러
쪽빛 하늘이 내려앉은
이
곳으로

사용 전 꼭! 확인하세요

A/S 신청 전에 제품등록을 해 주세요!

얼굴=기억할 만큼은 아니어도 그냥 지나치기는 쉽지 않은 듯

성격=탁구공이 어디로 튈지는 아무도 모르죠

모양=호박에 줄 그으면 수박 됩니다

취미=멍때리기

총길이=그때그때 다르므로 빠른 스캔 요함

…등록 완료…

생각

가질 수 있는 남자는
가까이 있고
품을 수 있는 남자는
멀리 가버렸고
생각이 나는 남자는
생각 속에만 갇혀있고

편의점 2

아프지 마라
밥 잘 챙겨 먹고
힘들다고 너무 우울해하지도 말고
외롭다고 너무 슬퍼하지도 말고
괴롭다고 너무 아파하지도 말고
아프지 마라
힘이 들면 잠시 쉬어가고
외로우면 가끔 하늘도 한번 쳐다보고
괴로우면 가끔 술도 한잔하고
부디 아프지 마라
아프면 따뜻한 감기약이 되어 줄게
배고프면 따뜻한 밥상이 되어 줄게
멀리서도 찾아올 수 있게 불 밝히고 있을게
언제든지 들어올 수 있게 24시간 문 열어둘게

너의 곁엔 항상 내가 있다는 거 잊지마

숏컷

긴 머리카락을 고무줄로 돌돌 말아 묶거나
풀어헤친 긴 세월
그 오랜 세월을 댕강 컷을 하는 데 걸린
소요 시간 10분
손가락 사이로 잡히지도 않게
짧은 숏컷을 했다
살아온 시간들을 싹둑 잘라내기라도 하듯
어쩌면
살아온 나를 버리고
살아야 할 나를 보듯이
,
,
,
,
,
요기까지입니다

청춘이여, 영원하라
– 하마터면 너무 아파할 뻔했어

그 남자는 널 사랑하지 않아
그냥
와이셔츠 색깔에 맞춰
목에 감는 넥타이 같은 거야
답답하면 풀어버리고 생각 없이
주머니 속에 구겨 넣는
그러다
어디 갔지? 찾아보는
그런
액세서리 같은 거야
몰랐어?
소주보다 맥주가 땡기는 날이 있지
얼큰한 매운탕보다
바삭하게 잘 튀겨진 치킨이 더 깔끔할 것 같아서
특별할 것도 없는 빤한 맛
최소한의 후회를 줄이는 거지
길들여져서 익숙한 맛
밍밍함을 가글하듯 콜라를 주문할 때도 있지
그런 거야
그 남자는 널 사랑하지 않아
절대

밤마다 덜컹거리는 꿈을 꾼다

날 좀 꼭 잡아줘
눈물 뚝뚝 흘리는 바다가 그립지 않게

안전벨트처럼 안전하게 조여 줘
덜컹거리는 꿈이 무섭지 않게

밤마다 도시의 꿈들이 치솟아 올라
거대한 왕국으로 변했어

꼭대기에 올라가면 별이 손에 닿을 것 같아
맨발로 뛰어오르다 미끄러지고
다시 오르면 왕국은 순식간에 무너져내려
흔적도 없이 사라졌다
사라져버린 왕국을 다시 세우려 긁어모은 은빛 모래들
스르르 손가락 사이로 빠져나가다 소용돌이치고

밤하늘을 환하게 비춰오던 달의 조각들은
내 품속으로 떨어졌다

그때마다 낙타 한 마리가 나타났어
내가 올라타자 낙타는 달리기 시작했어
나는 달의 조각들을 힘껏 안았지만
낙타는 더 빨리 달렸고
내 심장을 파먹은 조각들은 모랫바닥을 구르다
둥근달이 되었어
구멍 난 가슴에서 피리소리가 난다
숨이 쉬어지지가 않아
구멍 난 가슴을 막으려 안간힘을 쓰다
그만 펑펑 울어버렸어

내 꿈들이 사라졌어
덜컹거리며 채이는 일기처럼

덜컹거리며 달렸던 왕국은 어디에도 없었어

나의 왕국은 처음부터 없었던 거야

카르타소스

처음은 어색할 거야
부드럽게
힘을 주면 안 돼
달달함으로
한 번에 삼키려 하지 말고
흘러내리지 않게 꽉 물어 줘
치명적이지?

삶은

잠 못 드는 날에 찾아와

그날에
그랬어야만 했던 이유를

그날엔
그럴 수밖에 없었던 이유를

그런 이유로 살았던 이유를
술잔에 넘치도록 담아주네

흐르는 강물에 발 담그다

강물이야 퍼 담을 수 있지만
그리운 마음은 어디에도 가 닿지 못하고
새들은 물 위를 걷다 날아간다
사랑한다사랑한다사랑한다
사랑한다사랑한다사랑한다사랑한다
물에 젖는다
사랑한다사랑한다사랑한다
다시 물에 젖는다
사랑한다사랑한다사랑한다
흘러가다 바위틈에라도 걸렸으면 좋겠다
사랑한다사랑한다사랑한다
늙은 나뭇가지에라도 걸렸으면 좋겠다
사랑한다사랑한다사랑한다
페트병에라도 실려왔으면 좋겠다
사랑한다사랑한다사랑한다사랑한다사랑한다
사랑한다사랑한다사랑한다사랑한다사랑한다
어느 날 네가
강물처럼 흘러온다면
그 강물에 발 담그고 싶다

홈런볼

홈런 한 방 치시죠
어차피 인생은 한 방인데
딸기 맛도 나왔더라고요
새콤? 달콤? 어떤 맛일까 궁금했는데
혀 속으로 녹아드는 게
마음까지 달달하게 녹여주더라고요
첫 경험이 이처럼 부드러울지 몰랐어요
그래서 생각을 해 봤죠
망설이지 말고 힘껏 던져보자
한 번뿐인 인생 후회라도 없게
두려워하지 말고 달려보자
가다가 넘어지더라도
마음이라도 후련하게
한 번뿐인 인생
사랑이든
우정이든
일단 한 방 날려보자

해 질 녘에 쓰는 편지

– 읽어 보시죠? 읽다가 귀찮으면 끊어 읽으시면 됩니다

해 질 녘이 되면 부치지 못하는 편지를 쓰게 된다

마음이 마음을 다 하여도 품을 수 없어
기다림의 몫으로 손 흔드는 갈대처럼
멀리서 불어오는 바람에도 눈물이 난다

기다려주지 않아도 꽃은 피고
바라봐 주지 않아도 꽃은 시든다

달라지는 것은 없다
딱히 변할 것도 없다

꽃들은 알아서 피고 알아서 시들어갈 줄 안다

세상은 흘러가고 지구가 둥글다는 것은
모두가 다 아는 사실
달나라 토끼는 지금도 방아를 찧는다 열심히

생각을 하지 않아도 지구는 돌고
생각을 해도 지구도 돌고 돌아간다

미치도록 사랑해 본 적도 없지만
죽도록 사랑 한번 해봤으면 하는 상상?은
픽션으로 끝난다
대본 없는 사랑은 시나리오도 없거든

이별 없이 사랑할 수 있다면
하… 불가능한 일이야
멀어진다는 느낌이 지배하거든
사람이 변해도 사람은 변하면 안 된다는 진리
그 진리는 있기나 한 건지… 요?

처음처럼? 처음처럼 한잔해
이슬 담아서 또깍? 이즈~ 백~

취향대로 골라 마실 수 있는 소주 천국 대~ 한민국

술을 마시듯
사랑도 즐기면서 하면 좋겠다

기분대로 마실 수 있는 술처럼

사랑도 고를 수 있다면?

백화점 좌판대에서 철 지난 명품을 고르듯
90% 세일이어서 좋고 딱! 맘에든 옷을 골라서 넘치게

기분 좋은
　골라잡은 재미?

　남녀평등 자유 자유를 달라는 거죠 자유
　맘대로 자유 누구 맘대로 자유? 내 맘대로 자유

　따끈따끈한 연애 시 한 편으로 서평을 쓸 수 있다면?

　캬~ 죽이는 거죠
　뒤집힐 것도 없지만 이미 머~ 다 까발려지는 세상

　술병을 따듯 다 까이는 세상에?
　우리는 살고 있습니다

사랑이여, 나비처럼 유영하라
- 봄/여름/가을/겨울

- 봄

사랑이여 나비처럼 유형하라
첫사랑처럼 설레이게
아이스크림처럼 달콤하게

봄이면 꽃 속에 숨어서
활짝 웃는 얼굴로 다가와
햇살 같은 입맞춤으로 두근거리게

너도 피고
나도 피고

후회 없는 시작으로

떠날 사랑은 떠나보내고
떠나간 사랑은 흘려보내고

이미 지나간 사랑은 추억으로 걸어두고

다시 온 이 봄처럼 사랑하자. 우리

- 여름

가끔 하늘을 볼 때가 있다
사랑해서가 아니라

그냥 문득 풍경처럼 네가 거기 있기 때문이다

사랑해서 미안해

돌아갈 줄 알면서도 사랑해서 미안해
내가 사랑한 사람이 너여서 정말 미안해

문득 바라본 하늘이 너인 것 같아서

바라볼수록 더욱더 선명해지는 너의 목소리
내 곁에 와 있는 것 같아서

내가 아픈 건 널 품고 있는 나 때문이야

다시 오지 않을 너를
다시 올 수 없는 너를
다시 사랑할 수 없는 너를

이렇게 기다려서 미안해

제발 다시 돌아오지마

– 가을

길을 걷다 문득 읽어갈 사랑
노을에 물들어가는 이른 저녁 빛이 카메라에 앵글을
맞추는 panorama가 된다

널 잊지 못해 바람이 된 나를 기억해

네가 보고 싶어서
네가 너무 보고 싶어서
낙엽 떨어지는 소리에도 귀 기울인다

멀리서 네 발걸음소리 묻어오는 것 같아서

네가 그리워서
네가 너무 그리워서
네가 없는 하늘이 너무 아파서
귓불을 스치는 바람에도 뒤돌아본다

네가 날 부르는 것 같아서

널 처음 만나던 날 그날이 이렇게 깊어질 줄 몰랐어

널 잊지 못하는 날 이해해 줘

널 잊고 살 수 없어 눈물이 된
내가

물처럼 흘러서라도
너의 가슴에 가 닿을 수 있다면 좋겠다

네가 떠나던 날처럼 바람 불어

네가 있던 그 자리는
아직도 꿈처럼 찬란하게 빛나고 있는데

- 겨울

하얀 눈이 펄펄 날리는 날에는
그대 가슴에 숨어들고 싶다
바람 따라 그대 머리 위에
그대 어깨 위에
그대 눈썹 위에
그대 입술 위에
그대 심장을 파고들어
그대 가슴에 녹아내리는 뜨거움이고 싶다

제3장

길을 걷다 문득… 담다

나는
너처럼 용감하지 못해서

그 꽃 한 송이 가슴에 품어 보지도 못했네

사랑별 시 1

내 인생의 가장 행복했던 순간은
너를 품고
너를 바라보며
함께했던 시간들이었어

지금도
널 생각하면

행복하거든

사랑별 시 2

오늘도 웃을 수 있는 건

멀리서도
날 향해 서 있는

오늘이 있기 때문이야

사랑별 시 3

오늘도
꿈꾸듯 바람이 분다

너라서 좋다고
너여서 더 좋다고
너이기 때문에 마냥 좋다고

그렇게 바람은 꿈꾸듯이 분다

사랑별 시 4

그대가 있어서 좋다
참 좋다
마냥 좋다
그냥 그냥 좋다
그대가 있어서

사랑별 시 5

사랑은
느끼는 게 아니랬지
사랑은
달려가다 넘어져도 다시 걸어가야 해
사랑은
물처럼 흘러서 바다로 가듯 한곳에 멈추는 거야
사랑은
nice 하지만은 않아
그래서
사랑은

가슴에 품는 거야

사랑별 시 6

밤하늘에 별이 반짝이거든
고개 들어 한 번 봐 줄래?
네가 보고 싶어서 반짝이는 내 마음이야

사랑별 시 7

사랑… 모르겠다

사랑

너로 돌아와 앉을 시간이
너무 멀어져 버렸어

그리움덩이가
한 움큼씩 밀려가 버렸거든

사랑별 시 8

내가 나에게 뜨거웠던 순간을 잊지 말자

사랑별 시 9

잊혀져 가는 시간들이
추억으로 선명해지는 밤
너는 가고
나는 남아서
달빛 푸른 조각들을 담다

사랑별 시 10

내가
서 있는 지금이 찬란하게 빛나기… 를

사랑별 시 11

네 안에서 꿈꾸던 날들이
별빛 쏟아지는 바다였으면 좋겠다

사랑별 시 12

너는 또 그렇게 밀려오고
나는 또 이렇게 밀려가고
휴지통에 버려질 추억까지도 바람 냄새가 난다

사랑별 시 13

갑자기 펑펑 울고 싶을 때도 있지
그건
네가 보고 싶어서 미리 내리는 첫눈일 거야

사랑별 시 14

바람이 물고 온 자리에 봄이 오나 보다

눈감으면
마음을 훔치듯 파릇하게 자라나는 추억
사랑이었나 보다

그… 때가

사랑별 시 15

가끔은 생각나고
가끔은 보고 싶고

가끔은
같이 걸었던 길들이

가끔은

그때가 아닌

지금이 서러운 사람

사랑별 시 16

쑤셔 넣고 싶은 건

모조리 구겨 넣어 봐

그리고

질겅질겅 씹어 봐

사랑별 시 17

단 한 번
온도를 느낄 수 있는 순간이 온다면
차라리 눈을 감겠어

사랑별 시 18

나는
너처럼 용감하지 못해서

그 꽃 한 송이 꺾지 못했네

나는
너처럼 용감하지 못해서

그 꽃 한 송이 가슴에 품어보지도 못했네

나는
너처럼 용감하지 못해서

그 꽃 가까이 가지도 못하네

사랑별 시 19

동시에 바라보고
동시에 만나고
동시에 인연이 되고
동시에 운명이 되고
동시에 사랑을 하고
동시에 밥을 먹고
동시에 커피를 마시고
동시에 손을 잡고
동시에 길을 걷고
동시에 한 곳으로만 걸어갈 수 있으면 좋겠다
그 길 멈추지 말았으면 좋겠다

사랑별 시 20

널
사랑한 만큼
나의 기억은
느리게 걸어간다

제4장

내가 나에게 뜨거웠던
청춘을 노래하다

타닥타닥 타올라 밤하늘의 별이 되어 반짝일 거야
뜨겁게 식어가는 법을 몰라서
말라가는 슬픔이 별이 되는 줄도 몰랐네

가을에 물들어가는 사랑

너에게로 물들어가면 감나무처럼 버틸 수 있을까

수수꽃다리

나도 너처럼 피고 싶다

가끔
후두둑 떨어지는 너를
품을 수 없어서

너에게서 멀어지는 법을 몰라서
너에게서 벗어나는 법을 몰라서
너에게서 멈추는 방법을 몰라서

자꾸만

뒤돌아보게 되는

너에게

벚꽃잎 지는 저녁 잠들지 못하는 꿈

꽃잎 떨어지는 저녁에는

꽃비늘처럼

너에게로 가 닿고 싶다

바람에 흔들려 강물에 떨어지더라도

물 위를 걸어서

잠이 든 너의 꿈속에 피는

꽃이고 싶다

첫사랑

순간 찰나의 눈부심으로
바람을 밀어내는 빛으로 다가와
꽃비늘 촘촘히 박혀
심장에 하염없이 내리꽂… 다

섬

외로워하지 마
내가 있잖아
슬퍼하지 마
내가 가고 있잖아
눈물 흘리지 마
내가 너의 위로가 되어줄게

소소한 일상

식사 한번 하시죠
의미 없이 미련만 남기는 말
이 한마디에 누군가는 기다리고 또 누군가는
기억조차 하지 않는다
그냥 인사처럼 던진 말인 줄 알면서도 관심 있나?
착각하기도 하고 순간 설레이기도 하고
헛웃음으로 넘길 때도 있다
굳이 만나고 싶지는 않지만 그렇게 싫지는 않은

인연을 맺기보다는 잊혀져 가지 않기를 바라고
기억이라도 해 주었으면 하는
가볍게 또는 아찔하게
오묘한 카타르시스를 느끼게 하는
소소한 일상 속에서
무수히 떠다니는 말 식사 한번 합시다

계절이 바뀌고 핸드백을 정리하다가 꼬깃꼬깃 구겨진
천 원짜리 지폐 한 장을 발견하고
접혀진 시간들을 다림질하듯 각 잡아 펴다
몇 달이 지났을지도 모르는 로또 한 장을 본다

순간 작은 떨림이 온다

혹시…? 에이~! 꽝! 이네
잠시 잠깐이라도 행복했다면 웃을 수 있었다면
그걸로 된 거다

기억들은 지워지고
시간들은 추억으로 남는다

지워지는 것들을 비우고
버릴 수 있는 끈들은 잘라내고 느슨하게 조여 맬 줄
도 알아야 한다
작고 사소한 것들이 때로는 기쁨이 되고 슬픔이 되는
소소한 일상
지워도 지워지지 못하는 일들은 추억으로 걸어둔다
가끔 꺼내어 보기도 하고 갊아먹을 추억이라도 있어
서 추억이 되는 추억이 되므로

풍선껌을 씹는데 달달한 기분을 느끼는 데 1분? 1분
30초?
심심하면 후우욱! 풍선 한번 불고 뱉어버리면 그뿐!
어쩌다 풍선껌이 신발 밑창에 붙어 길게 늘어져 떨어
지지 않을 때도 있다
그럴 땐 담뱃불을 끄듯 가볍게 비빈다
그래도 안 떨어지면 모서리 각진
시멘트 계단이나 혹은?

모래 알갱이가 많은 곳이나 돌멩이가
울퉁불퉁 촘촘히 박힌 곳을 찾아
쓱쓱 문지른다
제발 떨어져 나가라고
떨어져 나갔으면 하는 인연? 달달한 기분으로
남아주기를 바라는 마음?

달달한 기분이 오래 간다면 달콤한 인생인가…?

된장찌개에 밥 말아 먹다가 고춧가루가
이빨에 끼어도 편한 밥상
자장면을 먹으면서 입술이 깜장 칠해져도
신경 안 쓰이는 사람
비빔밥 알이 흘려도 웃어넘기는 사람
김칫국물이 셔츠에 젖어 얼룩이 번지면
미소로 닦아주는 사람
우아한 식사도 좋지만
단추 하나쯤 풀고 여유 있게 마음을 담아 정성으로
차린 밥상에
마주 앉을 수 있다면 익어가는 인생일까……,

사람들은 말한다

비워야 채울 수 있다고
비워야 채워진다……, 고

사랑을 채우든 우정을 채우든 허기진 배를 채우든

매일 먹어도 질리지 않는 밥처럼 매일 할 수 있는 말
먹기 싫으면 건너뛸 수도 있는 밥 진밥 된밥 탄밥?

약속하지 않아도 약속할 수 있는 말

식사 한번 하시죠

그러시드라?…고

짧은 시가 좋아
긴 시는 읽을 시간이 없어
느낌이 없는 시는 시도 아니야
한 줄로 간단하게 감동을 줄 수는 없냐?
길다고 좋은 시는 아니다
그렇다고 짧은 시가 다 좋다는 것도 아니다

어짜라고?……요!

미치도록 보고 싶어지는 시를 써 봐
그러면 바빠도 읽는다
그런데 가끔 집중을 하게 되는 긴 시도 있긴 하지
섹스도 길게 하면 힘들어
그건 노동이야
백 미터도 못가서 쓰러진다
순간을 예열하지 않아도 되는 그런 시를 써 보시죠
아…,
그러시더라……, 고

사람이 좋다

사람을 좋아하는 사람이 좋다
사람을 미워할 줄 모르는 사람이 좋다
사람을 배려할 줄 아는 사람이 좋다
사람을 칭찬할 줄 아는 사람이 좋다
사람을 위로할 줄 아는 사람이 좋다
사람에게 먼저 인사하는 사람이 좋다
사람에게 관심을 갖는 사람이 좋다
사람에게 호감을 주는 사람이 좋다
사람에게 용기를 주는 사람이 좋다
사람에게 미안해 할 줄아는 사람이 좋다
사람에게 피해주지 않는 사람이 좋다
사람에게 배움을 주는 사람이 좋다
사람에게 베풀 줄 아는 사람이 좋다
사람에게 여유를 주는 사람이 좋다
사람에게 관대한 사람이 좋다
사람에게 인격적으로 대하는 사람이 좋다
사람에게 믿음과 신뢰를 주는 사람이 좋다
사람이 주는 행복과
사람이 주는 고마움과
사람이 주는 감사함과

사람이 사람에게 느낄 수 있는 사람이 있어서 좋다

얼음왕국

드루와
꽁꽁 얼려줄게
머리에서 발끝까지
꽁꽁 얼려줄게
입술에 초코크림을 올려줄까?
달콤한 꿈을 꿀 수 있게
손가락에 휘핑크림을 찍어줄까?
소프트한 인생을 그릴 수 있게
널 데려다 줄 곳은 없어
내가 하는 대로
넌 가만히 있어야 해
움직여서도 안 될 거야
흔적도 없이 사라질 테니까
어디든지 갈 수 있다고 상상하지마
넌 갈 수 없어
나만 바라보고 있어야 해

시인이라면서……, 요

까발리는 시는 쓰면 안 됩니다
은유법으로 포장을 해서 순수함으로
잔잔한 물결처럼
잔잔한 그리움이 밀려오게
왜요? 파도처럼 쓰면 안 돼요?
모모님들도 재산은 산보다 더 높은 듯…
산은 말이 없고
바람이 불어도 키 큰 나무는 뿌리째 뽑히지도 않는
듯합니다
독립문 앞에서 멋진 포즈 한 컷! 이엔지 카메라
돌아가고
일일드라마 주인공처럼 생방송 출연하시고
수퍼스타 뺨치시든데요
다이어트 실패로 세금만 쪘어요
공짜로 살 수는 없다는 거죠
저희 같은 소시민은 꼬박꼬박 세금 내고 연체되면
가슴이 벌렁거리는데
입안에서 뒹굴 뒹굴 굴러댕겨요 스바알 이라고
(세종대왕님 전에 백팔배 올립니다)
선 폭풍 받고 후 폭풍 치고 싸대기 날리고 난타전
이든데…

왜요?

오늘도 액션 영화 한 편 찍으시게요?

〈극히! 개인적인 소견임을 밝혀드립니다〉

요즘은 1

요즘은
강아지보다 개들이 너무 많아
다들 큰소리로만 짖어대
밥그릇에 가득 먹이를 채워줘도 징징대고
광고에 나오는 신상으로 입에 물려줘도 투덜대고
유튜브에 떠도는 인기상품을 간식으로 던져줘도
짜증 내고
이 골목 저 골목 불쑥불쑥 뛰어다니며 헐떡대
드럽게 침이나 질질 흘리고 다니면서
영역표시는 왜 하는지
아무도 알아주지 않을 구역표시
마치 왕국이라도 세우려는 듯 의기양양해져서
꼬리뼈 힘주고 꼿꼿하게 걸어 다녀
발가락에 벌레가 기어다녀도 죽일 생각도 못 하지
아니 발가락이 썩어 피고름이 터져도 아픈 것도 모르지
두 다리의 길이가 맞지 않아 절룩거리면서도
큰소리로 짖어대면 골목대장이 되는 줄 알아
개밥그릇이 없어져도 찾을 생각도 안 하네
안 먹어도 배 부르는 재주가 있는지

짖어대지나 말든지

요즘은 2

요즘은
오징어 한 마리
꼬리까지 질겅질겅 씹어도 허기진다
게딱지처럼
엎드려서 살아야 할 것 같은데
달팽이같이
느리게 걸어가는 방법을 몰라서
모가지만 길어지는 것 같다
풍선껌 후우욱 불면
숨이라도 한번 크게 내뱉어 볼 텐데
풍선은 자꾸 터지기만 하고
콧구멍에 탁 붙어버린 껌딱지 떼어서
단물 빠진 껌을 씹어대느라 아구창이 아퍼

아, 대한민국

고요한 나라 대한민국에 꽃이 피었습니다
아름다운 꽃 무궁화
겨울인데도 무궁화꽃이 피었습니다
기후 온난화 때문에
개화기를 깜박 잊어버렸습니다
그 옆에 국화꽃도 피었습니다
장미꽃도 필 것 같습니다
개나리도 곧 만개할 것 같습니다
진달래도 덩달아 필 듯하고
유채꽃도 이유 없이 필 것 같습니다
여기 주문서 동봉합니다
언제 필지 모르는 꽃들이 궁금해서
시도 때도 없이 피는 꽃들 때문에
혼란스러워서
개화시기를 정확히 필두로 해서
확실한 유통경로를 확인바랍니다
서두에
새벽에 피기 시작해서
오후가 되면 스스로 입 다물 줄 알고
해 질 무렵이면 해보다 먼저 고개 숙이는
아름다운 꽃 무궁화에 대해서는 필독해 주십시오
참고사항입니다

숯

멈추지 마
다시 시작할 수 있어
누군가 불만 당기면

타닥타닥 타올라 밤하늘의 별이 되어 반짝일 거야
뜨겁게 식어가는 법을 몰라서
말라가는 슬픔이 별이 되는 줄도 몰랐네

반쯤 벌어진 사과에 모기 한 마리

넌 이제 죽은 목숨이야
어떻게 죽이지?

꽃잎처럼 가볍게 한 손으로 짜릿하게 죽여줄까?
불꽃처럼 순식간에 타오르게 해 줄까

아니야
채를 드는 순간 눈치챌지도 몰라
내가 한두 번 속아봤어야지
호흡 한번 길게 들이마시고 집중하는 순간
도망가는 녀석인데

죽을지도 모르게 죽여야 하는데

벌어진 틈 사이로 머리를 처박고
더듬이 길게 팔랑거리며

빨아먹을 단물이 마를 때까지
아예 날아가기를 포기할 것 같다
점점 몸통까지 밀어 넣는 치밀함
갈라진 틈을 막아버리면 질식해 죽을지도 몰라

그래 달달하게 죽어다오

키 큰 나무 그늘에서 꿈꾸듯 너를 본다

매미가 운다
너도 나처럼 뜨겁게 울어본 적 있냐고

사랑해서가 아니라

사랑받기 위해서
사랑하기 때문에

사랑하니까
뜨겁게 우는 것이라고

야래향

기다리지마!
오지 않을 사람이야
너의 순수한 기다림에는 관심도 없어
너는 밤마다 향기로 치장을 하지만
그는 가까이 오는 법도 잊어버렸을 거야

가을이 좋다

가을이 좋다
네가
성큼성큼 걸어오고 있는 것 같아서

가을이 좋다
코스모스가 활짝 웃어 주어서
그 향기 속에 네가 있는 것 같아서

가을이 좋다
바람도 내 마음같이 흔들리면서
널 기다리는 것 같아서

가을이 좋다
무작정 보고 싶다고 말해도
멀리 가지 않을 것 같아서

가을이 좋다
사랑한다고 말하지 않아도
사랑일 것 같아서

가을이 좋다
키 작은 나무들도
따뜻하게 품어주는 것 같아서

가을이 좋다
노랗게 익어가는 들판에
허수아비도 두 팔 벌려 날 반겨주는 것 같아서

가을이 좋다
뭉게구름 두둥실 흘러가는 것처럼
너도 두둥실 흘러올 것 같아서

가을이 좋다
그냥…
그냥 좋다

고슴도치 사랑

내 생에 단 한 번
널 안을 수 있다면 죽어도 좋았어
그저 바라볼 수밖에 없는 사랑으로
영원히 잊혀져가도 좋았어

내게 다가오지 못하고
내가 다가갈 수 없는 안타까움에 망설여도 좋았어

가까이 다가갈수록 상처뿐인 사랑

내생에 단 한 번

간절한 너의 사랑에 피 흘려도 좋았어

은행나무

지독한 사랑이야

널 지울 수가 없어

살짝 발을 헛디뎠을 뿐인데
내 온몸 가득

네 향기로 가득해

유행가 같은 사랑 5

내가
나에게 뜨거웠던 시절이 있었다면
내가
나를 지독히도 사랑했던
그때였을 거야

내 청춘에

내 청춘에
가장 빛나는 사람

그 사람은
그대라는 이름

당신입니다

행복한 보너스

〈사랑도 보너스로 살 수 있나요?〉

(댓글 창 열려 있습니다. 여러분들의 소중한 댓글 추
가요.)

세상의 모든 풍경이 너였으면 좋겠어

사랑한다는 말
차마
하지 못했어

네가 미안해할 것 같아서

기다린다는 말도 차마 하지 못했어

네가 아파할 것 같아서

새들은
찰나의 빛으로 날아올라
늙은 나뭇가지 사이 눈 감은 나뭇잎 하나 툭!

그리움이 꿈틀대는 언덕마다

내 안의 너로 살아온 꽃잎들은

네가 미안해하기도 전에 피어나

바다를 흔드는 바람이 되어 물 위를 둥둥 떠다니고

물고기 한 마리 튀어 오르다 밀려갔는지

물빛 덩이만 조각조각 흩어져

소금꽃 다발로 걸어오는
봄

너일 것이다 너일 것이다 너일 것이다
너일 것이다 너였으면 좋겠다

유채꽃 흐드러진 들판에

초록물 들이는 갈대숲 기웃거리는 햇살이

너였으면
그랬으면 참 좋겠다

세상의 모든 풍경이 너였으면 좋겠어

문 빈 지음

발행처   도서출판 **청어**
발행인   이영철
영업   이동호
홍보   천성래
기획   남기환
편집   방세화
디자인   이수빈 | 김영은
제작이사 공병한
인쇄   두리터

등록   1999년 5월 3일
          (제321-3210000251001999000063호)

1판 1쇄 발행 2023년 10월 20일

주소   서울특별시 서초구 남부순환로 364길 8-15 동일빌딩 2층
대표전화 02-586-0477
팩시밀리 0303-0942-0478
홈페이지 www.chungeobook.com
E-mail   ppi20@hanmail.net

ISBN   979-11-6855-187-9(03810)

본 시집의 구성 및 맞춤법, 띄어쓰기는 작가의 의도에 따랐습니다.